Dr Marko isch nit eläi

Marko ist nicht allein

Dr Marko isch nit eläi

S Wunder vom Vogel Gryff

Marko ist nicht allein

Das Wunder vom Vogel Gryff

Text und Bilder

Dunia Idoya Eglin

Baaseldütschi Übersetzig

Daniel Löw

Theodor Boder Verlag

Paperback Erstausgabe
Copyright © 2019 by Theodor Boder Verlag,
CH-4322 Mumpf
Alle Rechte vorbehalten
Lektorat: Theodor Boder
Baseldeutsche Übersetzung: Daniel Löw
ISBN 978-3-905802-81-8
www.boderverlag.ch

Für

Marko

Hütt isch e bsundere Daag. S isch Vogel Gryff, dr höggscht Fiirtig im Gläibaasel!

Dää schöön Daag git's nur äimoll im Joor.

D Selina und dr Lukas sin frie uffgstande. Ab goot's gschwind zum Wild Maa aabe an Rii.

Dört baue greftigi Männer hüttemoorge s Flooss für dr Wild Maa.

Es isch kalt und dunggel. Rooti Wulgge stiige uff und dr Rii glänzt in allne Faarbe.

S Wasser schmeggt wie nassi Äärde.

Heute ist ein besonderer Tag. Es ist Vogel Gryff, der höchste Feiertag im Kleinbasel.

Diesen schönen Tag gibt es nur einmal im Jahr!

Selina und Lukas sind früh aufgestanden. Ab geht's schnell zum Wilden Mann unten am Rhein.

Dort bauen kräftige Männer heute Morgen das Floß für den Wilden Mann.

Es ist kalt und dunkel. Rote Wolken steigen auf und der Rhein glänzt in allen Farben.

Das Wasser riecht wie nasse Erde.

Äntlig isch s Flooss fertig. Jetz baue d Kanoniier voorne uff em Flooss iiri Kanoone uff.

Denn kömme die beide Dambuure mit iire Drummle, die beide Faanedrääger mit iire groosse Banner und am Schluss no d Eeregescht.

Zletscht springt dr Wild Maa uffs Flooss.

Immer schnäller und schnäller triibe alli dr Rii durab.

D Selina und dr Lukas renne em Uufer nooch. «Schnäll, schnäll!», rieffe sii. Aber baidi hän fascht kai Schnuuf me. Bumm! Bumm! So knalle d Kanoone und Rauch stiigt in Himmel uffe. Es isch soo lutt, ass es in de Oore nur so droönt. Die beide Kinder luege em Wild Maa zue. Är danzt und schwingt sii Dännli.

Do kömme au scho die beide Fründe, dr Marko und dr Darius! «Schnäll, mir überhoole s Flooss, denn gseen mir, wie dr Wild Maa bim Glaine Klingedaal lande duet. Dört trifft är denn dr Leu und dr Vogel Gryff!», rieft d Selina.

Endlich ist das Floß fertig. Jetzt bauen die Kanoniere vorne auf dem Floß ihre Kanonen auf.

Dann kommen die beiden Tambouren mit ihren Trommeln, die beiden Fahnenträger mit ihren großen Bannern und am Schluss noch die Ehrengäste.

Zuletzt springt der Wilde Mann aufs Floß.

Immer schneller und schneller treiben alle den Rhein hinab.

Selina und Lukas rennen am Ufer mit. «Schnell, schnell!!», rufen sie. Aber beide bekommen fast keine Luft mehr. Bumm! Bumm! So knallen die Kanonen und Rauch steigt in den Himmel. Es ist so laut, dass es in den Ohren nur so dröhnt. Die beiden Kinder schauen dem Wilden Mann zu. Er tanzt und schwingt sein Tännlein.

Da kommen auch schon die beiden Freunde, Marko und Darius! «Schnell, wir überholen das Floß, dann sehen wir, wie der Wilde Mann beim Kleinen Klingental landet. Dort trifft er dann den Leu und den Vogel Gryff!», ruft Selina.

Aber s Flooss isch schnäller als d Kinder. Bi dr Mittlere Brugg kömme iine scho die drei Woppedier entgeege: dr Wild Maa, dr Leu und dr Vogel Gryff.

Isch das e Druggede!

E Bolizischt luegt zu de Kinder. Fascht het dr Lukas em Wild Maa e Öpfel könne stääle. Aber dää weert sich mit siner mächtige Danne. Dr Vogel Gryff luegt sträng und stolz vo oobe aabe. D Zeen vom Leu blitze wiss und spitzig um si root Zunge umme.

Bald isch d Druggede no viil gröösser: denn nämmlig, wenn dr Vogel Gryff, dr Wild Maa und dr Leu bim Käppelijoch uff dr Mittlere Brugg fürs Gläibaasel danze dien. Aber hejoo, sii zeige em Groossbaasel immer numme dr Rugge.

D Kinder zäpfe mit und gneisse mit groosse Auge. «Schnäll, jetz hoole mr unseri Goschdüüm und danze au!», riieft dr Darius.

Und scho gumpe die vier Speezi drvo!

Aber das Floß ist schneller als die Kinder. Bei der Mittleren Brücke kommen ihnen schon die drei Wappentiere entgegen: der Wilde Mann, der Leu und der Vogel Gryff.

Ist das ein Gedränge!

Ein Polizist achtet auf die Kinder. Fast konnte Lukas dem Wilden Mann einen Apfel stehlen. Aber der wehrt sich mit seiner mächtigen Tanne. Der Vogel Gryff schaut streng und stolz auf ihn hinab. Die Zähne des Leus blitzen weiß und spitz um seine rote Zunge herum.

Bald ist das Gedränge noch viel größer: dann nämlich, wenn der Vogel Gryff, der Wilde Mann und der Leu beim Käppelijoch auf der Mittleren Brücke für das Kleinbasel tanzen. Aber, sie zeigen dabei dem Großbasel immer nur den Rücken.

Die Kinder rennen mit und schauen mit großen Augen. «Schnell, jetzt holen wir unsere Kostüme und tanzen auch!», ruft Darius.

Und schon rennen die vier Freunde davon!

In iirem Källerverstegg leggt d Selina s Leuegoschdüüm a. Es isch weich und warm.

Dr Lukas baschtlet no schnäll an de Flüügel vom Vogel Gryff.

Und dr Darius bindet no mee Efeu-Bletter zämme. Är het dr Dannebaum vo dr Wienacht uffbhalte. Als richtige Wild Maa bruucht är au e richtigi Danne!

Und dr Marko? Dä isch e richtige Drummelhund: «Diriff diff diff! Diriff diff diff!» Ganz exaggt ruesst är jeede Drummelväärs vo de Dänz vom Wild Maa, vom Leu und vom Vogel Gryff.

Hoppla: Wäär springt denn do am Källerfänschter verbii? Goldigi Glöggli bimmele an siine Hoosebäi.

Im Kellerversteck zieht Selina ihr Löwenkostüm an. Es ist weich und warm.

Lukas bastelt noch schnell an den Flügeln des Vogel Gryff.

Und Darius bindet noch mehr Efeu-Blätter zusammen. Er hat den Tannenbaum von Weihnachten aufbewahrt. Als richtiger Wilder Mann braucht er auch eine richtige Tanne!

Und Marko? Der trommelt und trommelt: «Diriff diff diff! Diriff diff diff!» Ganz exakt trommelt er jeden Trommelvers vom Wilden Mann, vom Leu und vom Vogel Gryff.

Hoppla: Wer springt denn da am Kellerfenster vorbei? Goldene Glöckchen bimmeln an seinen Hosenbeinen.

«Marko! Bisch barat? Kasch afoo drummle!», befiilt d Selina.

Aber dr Marko bliibt hogge. Die schöön Drummle vo hüttemoorge ka är eifach nit vergässe. Är getraut sich mit siinere Gartoo-Drummle nümm uuse.

Alles Bittibätti vo siine Fründe nützt nüt ... är will nit mitkoo!

So zottle si ooni Drummler ab.

«Marko! Bist du bereit? Beginne zu trommeln!», befiehlt Selina.

Aber Marko bleibt sitzen. Die schöne Trommel von heute Morgen kann er einfach nicht vergessen. Er traut sich mit seiner Karton-Trommel nicht mehr hinaus.

Alles Betteln seiner Freunde nützt nichts ... er will nicht mitkommen!

So ziehen sie ohne Trommler los.

Zerscht goots zum Wäisehuus.

D Selina gumpt als Leu fröölig in d Luft.

Dr Lukas tanzt mit lange Schritt und drääit sich langsam und stolz als Vogel Gryff.

Mit Zick-Zack-Schritt goot dr Darius als Wild Maa füürsi und zrugg.

Aber öbbis fäält: E Drummler!

Do aber kunnt dr root-wiss Ueli go z renne und stuunt nit schlächt: «Sapperlott, wo hän denn iir das gleert? Dasch jo pherfeggt! Das muess i grad em Spiil-Scheff go verzelle!»

Zuerst geht es zum Waisenhaus.

Selina springt als Leu fröhlich in die Luft.

Lukas tanzt mit langen Schritten und dreht sich langsam und stolz als Vogel Gryff.

Mit Zick-Zack-Schritten geht Darius als Wilder Mann vor und zurück.

Aber etwas fehlt: Ein Trommler!

Da aber kommt der rot-weiße Ueli gerannt und staunt nicht schlecht: «Hoppla, wo habt denn ihr das gelernt? Das ist ja perfekt! Das muss ich sofort dem Spiel-Chef erzählen!»

Uff em Kasäärneblatz brichtet dr Ueli siim Spiil-Scheff oordeli uffgreggt, was är grad gsee het.

«Jää denn», schloot dr Spiil-Scheff voor, «schigg d Kinder doch zum Mäss-Blatz!»

Auf dem Kasernenplatz berichtet der Ueli seinem Spiel-Chef aufgeregt, was er soeben gesehen hat.

«Ja dann», schlägt der Spiel-Chef vor, «schick die Kinder doch zum Messe-Platz!»

Wies Biisiwätter rennt dr Ueli zrugg:

«Dr Spiil-Scheff will euri Dänz gsee ... Villicht döörfed iir sogar mit de drei richtige Dier danze! Mr mien aber bressiere!»

Do mache unseri Fründe vor lutter Fröid grad e Luftgump.

Und so isch es bassiert, as an däm Daag zwei stolzi Vogel Gryff, zwei luschtigi Leue und zwei Wildi Männer danzt hän. Äimoll e groosse und äimoll e glaine Dänzer.

Das gseet schampaar schön us und alles stuunt und klatscht.

Schnell rennt der Ueli zurück:

«Der Spiel-Chef will eure Tänze sehen ... Vielleicht dürft ihr sogar mit den drei richtigen Tieren tanzen. Wir müssen uns aber beeilen!»

Da machen unsere Freunde vor lauter Freude einen Luftsprung.

Und so kam es, dass an diesem Tag zwei stolze Vogel Gryff, zwei lustige Leuen und zwei Wilde Männer getanzt haben. Immer ein großer und ein kleiner Tänzer.

Das sieht wunderschön aus und alle staunen und klatschen.

Als Beloonig döörfe die drei ans Gryffemääli. Döört sitze amene prächtige, lange Disch die drei Mäischter vo de Drei Eeregsellschafte.

«Bravo», rieffe alli im Koor, «das hään iir toll gmacht!»

Aber unseri Fründe maache e Gsicht wie drei Dääg Räägewätter.

Jetz isch au no dr Spiil-Scheff ko und frogt: «Worum löön iir denn euri Muulegge so hängge? Könned iir euch nit freue?»

«Doch scho ... aber dr Marko fäält, unsere Dambuur! Är isch unsere Fründ und ghöört ebe au zu uns. Aber är het käi richtigi Drummle und sitzt doorum eläi im Käller und schämmt sich saumässig. Drbii isch är doch e Super-Dambuur. Alli Dänz ka är usswändig uff sinere Gartoo-Drummle ruesse. Aber s Mami und dr Babbi hän halt käi Gäld für e richtigi Drummle.»

«Soso! Wie heisst denn dä jung Dambuur und wo woont är gnau?», froogt äin vo de Maischter die drei Gnäggis.

Als Belohnung dürfen die drei ans Gryffe-Essen. Dort sitzen an einem prächtigen, langen Tisch die drei Meister von den Drei Ehrengesellschaften.

«Bravo», rufen alle im Chor, «das habt ihr toll gemacht!»

Aber unsere Freunde machen ein Gesicht wie drei Tage Regenwetter.

Jetzt ist auch noch der Spiel-Chef gekommen und fragt: «Warum schaut ihr denn so traurig? Könnt ihr euch nicht freuen?»

«Doch schon ... aber Marko fehlt, unser Trommler! Er ist unser Freund und gehört auch zu uns. Aber er hat keine richtige Trommel und sitzt deshalb alleine im Keller und schämt sich sehr. Dabei ist er ein Super-Tambour. Alle Tänze kann er auswendig auf seiner Karton-Trommel spielen. Aber seine Mutter und sein Vater haben leider kein Geld für eine richtige Trommel.»

«Soso! Wie heißt denn der junge Tambour und wo wohnt er?», fragt einer der Meister die drei Kinder.

Zoobe lääre die vier Ueli iiri Kässeli uss: Münze und Nöötli kömme füüre. Amme sogar e Hoosegnopf!

Das alles hän si hütt uff dr Stroos gsammlet und gään s jetz de drei Mäischter vo de Drei Eeregsellschafte.

«Viile Dangg, liebi Ueli», saage si, «das viile Gäld bekömme die Lüt im Gläibaasel, wos wiirgglig nöötig hän.»

Do froggt dr Spiil-Scheff: «Hän unsri Dambuure nit nöii Küübel bikoo? Villicht stoot no eine nöime umme? Dää könnt me doch verschängge!»

Am Abend leeren die vier Ueli ihre Sammelbüchsen: Münzen und Scheine kommen hervor. Manchmal sogar ein Hosenknopf.

Das alles haben sie heute gesammelt und geben es jetzt den drei Meistern von den Drei Ehrengesellschaften.

«Dankeschön, ihr lieben Ueli», sagen sie, «das viele Geld bekommen die Leute im Kleinbasel, die es wirklich gebrauchen können.»

Da fragt der Spiel-Chef: «Haben unsere Trommler nicht neue Trommeln bekommen? Vielleicht steht noch eine irgendwo herum. Die könnten wir doch verschenken!»

E Wuche spööter kunnt dr Marko vom Kindsgi häim.

In dr Stuube stoot e richtigi Baasler Drummle!

«Die Drummle ghöört dir», saage siini Eltere, «mit emene liebe Gruess vo de 3E!»

Dr Marko straalt übers ganz Gsicht! Er will si grad siine Fründe zäige.

Die ganz Familie fröit sich. Au dr Hund!

Eine Woche später kommt Marko vom Kindergarten nach Hause.

In der Stube steht eine richtige Basler Trommel.

«Diese Trommel gehört dir», sagen seine Eltern, «mit einem lieben Gruß von den 3E!»

Marko strahlt über das ganze Gesicht! Er will sie sofort seinen Freunden zeigen.

Die ganze Familie freut sich. Auch der Hund!

E Jöörli spööter isch widder Vogel Gryff.

Die vier Fründe sin au daas Joor unterwäggs: voruus dr Marko mit siner Drummle.

«No nie hett är so schöön drummlet!», dängge die drei Gspäänli.

Dr Marko lacht übers ganz Gsicht. Är isch glügglig und zfriide, will är die beschte Fründe vo dr ganze Wält hett.

Und dr Rii glänzt au daas Joor allewiil in de schöönste Faarbe.

Ein Jährchen später ist wieder Vogel Gryff.

Die vier Freunde sind auch dieses Jahr unterwegs: zuvorderst Marko mit seiner Trommel.

«Noch nie hat er so schön getrommelt!», denken die drei Freunde.

Marko lacht übers ganze Gesicht. Er ist glücklich und zufrieden, weil er die besten Freunde der ganzen Welt hat!

Und der Rhein glänzt auch dieses Jahr wieder in den schönsten Farben.

Dr Bruuch vom Vogel Gryff:

E jeedes Joor im Jänner isch z Baasel Vogel Gryff.

Dää Daag isch dr wichtigscht Fiirtigg fürs Gläibaasel. Grad d Kinder fröie sich riisig uf dää schöön Daag.

Am Vogel Gryff kunnt zerscht dr Wild Maa uf em Flooss dr Rii durabb.

Unde bim Glaine Klingedaal warte dr Vogel Gryff und dr Leu.

Alli drei marschiere denn zur Mittlere Brugg und zäige iiri schöne, alte Dänz ... mit em Rugge aber allewiil zum Groossbaasel. So danze si dr ganz Daag bis zoobe spoot.

Dr Vogel Gryff, dr Wild Maa und dr Leu sin Woppedier vo de drei Eeregsellschafte: dr Eeregsellschaft zum Gryffe, zur Hääre und zum Rääbhuus.

In dr 3E (drei Eeregsellschafte) sin Gläibaasler Bürger, wo stolz druff sin, ass si im Gläibaasel könne woone. Si luege, as es allne im mindere Däil vo Baasel guet goot.

Drum verböige sich dr Vogel Gryff, dr Leu und dr Wild Maa am Schluss vo iire Dänz vor dääne wichtige Männer. Und die lüpfe als Danggschöön denn immer iiri schwaarze Hiet.

Drei Dambuure, drei Bannerheere und zwei Kanoniier sin als au drbii.

Nit vergässe darf me die vier Ueli. Si dien dr ganz Daag Gäld sammle. Das wird drno an die ermere Lüt us em Gläibaasel verteilt.

Und gnau so findet dr Vogel Gryff, dr schöönst Fiirtigg im Gläibaasel, sit mee als 700 Jöörli statt.

Der Brauch vom Vogel Gryff:

Jedes Jahr im Januar ist in Basel der Vogel Gryff.

Dieser Tag ist der wichtigste Feiertag für das Kleinbasel. Besonders die Kinder freuen sich sehr auf diesen schönen Tag.

Am Tag des Vogel Gryff kommt zuerst der Wilde Mann auf dem Floß den Rhein herab.

Unten beim Kleinen Klingental warten der Vogel Gryff und der Leu.

Alle drei marschieren dann zur Mittleren Brücke und zeigen ihre schönen, alten Tänze ... mit dem Rücken aber immer zum Großbasel. So tanzen sie den ganzen Tag bis zum späten Abend.

Der Vogel Gryff, der Wilde Mann und der Leu sind Wappentiere der drei Ehrengesellschaften: der Ehrengesellschaft zum Greifen, zur Hären und zum Rebhaus.

In den 3E (drei Ehrengesellschaften) sind Kleinbasler Bürger, die stolz darauf sind, dass sie im Kleinbasel wohnen können. Sie achten darauf, dass es allen im minderen Teil von Basel gut geht.

Darum verbeugen sich der Vogel Gryff, der Leu und der Wilde Mann am Schluss ihrer Tänze vor diesen wichtigen Männern. Und diese ziehen als Dank dann immer ihre schwarzen Hüte.

Drei Tambouren, drei Bannerherren und zwei Kanoniere sind auch dabei.

Nicht vergessen darf man die vier Ueli. Sie sammeln den ganzen Tag Geld. Dieses wird dann an die ärmeren Leute aus dem Kleinbasel verteilt.

Und genau so findet der Vogel Gryff, der schönste Feiertag im Kleinbasel, seit mehr als 700 Jährchen statt.